AF388879

LES
CHATAIGNIERS

PAYSANNERIE

EN VERS

PAR

M. EUGÈNE D'ARAQUY

PARIS

MICHEL LÉVY FRÈRES, ÉDITEURS

2 BIS, RUE VIVIENNE

—

1856

PARIS. — IMPRIMERIE J. CLAYE,
RUE SAINT-BENOIT, 7.

LES
CHATAIGNIERS

PAYSANNERIE

EN VERS

PAR

M. EUGÈNE D'ARAQUY

PARIS

MICHEL LÉVY FRÈRES, ÉDITEURS

2 BIS RUE VIVIENNE

—

1856

PRÉFACE

Depuis quatre ans je vivais solitaire
Dans le pays que Marot illustra :
Faut-il, disais-je, ainsi quitter la terre?
La main du temps bientôt me frappera.

L'Esprit qu'en nous Dieu tient en servitude
Me dit alors : Moissonne dans l'été
Ce qu'au printemps a fait germer l'étude.
— Tu veux en vain tenter ma vanité.

— Qui te retient? la honte, ou la paresse?
La gerbe est là, que ne la frappes-tu ?
— Comment! tu veux que du fléau je presse
Ce vieil épi par tant d'autres battu?

Ou qu'après eux sans pudeur je récolte
Ce que leur crible a rejeté de grain?
Pour qu'un critique indigné se révolte?
Qu'il me châtie et du fouet et du frein?

Tout près de toi, dit l'Esprit, sont des terres
Que nulle main ne saurait épuiser.
A la nature arrache ses mystéres:
Elle en a peu pour qui sait la creuser.

Il me mena vers des terres fertiles,
Et je vouai de ce jour au mépris
Les vers p'eureurs des amoureux débiles,
Du naturel, du vrai, du simple épris.

LES

CHATAIGNIERS

I.

LA RENCONTRE.

Muse des champs, je veux, d'après nature,
Peindre en mes vers des hommes méconnus.
Ne rougis point de tes habits de bure,
Dans tes sabots laisse voir tes pieds nus,
Secoue à l'air ta tête mal peignée ;
J'ose avec toi me montrer au grand jour.
Pour récompense, ô vierge dédaignée,
A qui te sert livre un cœur que l'amour
Veut enivrer, mais que la pudeur sèvre....
Ah ! quel parfum, dans le cristal gardé,
Vaut le baiser que m'a tendu ta lèvre !

Je vais chanter, par ta note guidé.

Aux durs accents ta bouche accoutumée

Pourra souffler ou trop vite ou trop fort ;

Muse des champs tu n'es point enrhumée,

Dans tes poumons l'air passe sans effort.

J'entends déjà les sons de ta musette.

Et la pensée impatiente part.

Fais que ma voix résonne franche et nette ;

Muse des champs, que dans mon vers sans art,

Le paysan se puisse reconnaître.

C'était le temps où l'on sème les blés,

Mûrs pour septembre et que mars a fait naître.

Deux bœufs jumeaux, par le front assemblés,

Ouvraient au grain et refermaient la voie.

Leurs pieds noueux dans le sol s'enfonçaient,

Autour du joug gémissait la courroie,

Et leurs naseaux blancs et béants lançaient

Des flots épais d'une vapeur humide.

Patiemment de Pierre, le bouvier,

La voix les presse et l'aiguillon les guide.

Qui donc là-bas fait crier le gravier

Sous les noyers? C'est une jeune fille.
Elle voit Pierre et je crois qu'elle a dû
Le voir souvent. Est-ce l'amour qui brille
Dans son regard? A son bras suspendu
Roule un panier sur sa hanche robuste
Que fait saillir un étroit cotillon.

Près de la haie elle arriva tout juste
Lorsque le soc achevait le sillon.

PIERRE.

Comment te va, Madeleine?

MADELEINE.

Bien; et toi?

PIERRE.

Tu t'en vas loin?

MADELEINE.

Non, pas très-loin : dans la plaine.
Mon père y charge du foin.
C'est son dîner que je porte.

PIERRE.

Les chemins sont bien mauvais.

MADELEINE.

Un peu.

PIERRE.

Pourvu qu'il *s'en sorte !*

MADELEINE.

Adieu.

PIERRE.

Si je me trouvais
Ce soir, à la nuit tombante,
Lorsque les bœufs auront bu,
Sous le fournil de ta tante,
Madeleine, y serais-tu?

MADELEINE.

Ma foi! tu perdrais ta peine.
Adieu.

PIERRE.

Déjà t'en aller?
Les bœufs reprennent haleine,
Reste. Je veux te parler.
Pourquoi m'évites-tu?

MADELEINE.

Pierre,
Tu veux me tromper.

PIERRE.

Moi!

MADELEINE.

                    Toi.

PIERRE.

Tu serais bien la première.
Tu le crois?

MADELEINE.

          Oui, je le croi,
Car tu manques de franchise.
Parler avec son galant
Lorsque l'on sort de l'église
Après la messe, en allant
Le soir à vêpres, l'usage
Est ainsi, chacun le suit;
Mais voir une fille sage
Hors de chez elle la nuit!

PIERRE.

Ah! comme tu me rebutes!
Parce que l'on se verra
Le soir pendant deux minutes...

MADELEINE.

Que celui qui m'aimera
En mariage me prenne.

PIERRE.

Sais-tu ce qui s'est passé
Quand je l'ai dit, Madeleine?
Mon père m'a menacé...

MADELEINE.

Ah!

PIERRE.

De donner à mon frère
Le quart de son bien.

MADELEINE.

Vraiment!

PIERRE.

Hé bien! vois, que faut-il faire?

MADELEINE.

C'est bien facile.

PIERRE.

Comment?

MADELEINE.

Renonce à moi.

PIERRE.

Non pas même
Quand il lui donnerait tout,
Oui, tout! malgré lui je t'aime!

MADELEINE.

Ne le pousse pas à bout....
Ah ! si je pouvais te croire !

PIERRE, vivement.

Voici ce que nous ferons :
Les jours de marché, de foire.
Seulement nous nous verrons,
Pour nous cacher dans la foule
Et tromper les maldisants.
Puis. ma foi ! le temps s'écoule.
On attend.

MADELEINE.

Deux ans.

PIERRE.

Dix ans !

MADELEINE.

Mon Dieu. mon Dieu, quelle chance !
Une fille comme moi !

PIERRE.

Il faut prendre patience.

MADELEINE.

Je suis moins riche que toi,
Mais enfin je suis vaillante.

Je ne crains pas le travail,

J'ai bonne main, je m'en vante,

Pour engraisser le bétail.

Je donne au char comme un homme.

Le fléau me fait-il peur

Sur l'aire ? Que l'on me nomme

Un plus vigoureux batteur.

Je moissonne et pelleverse.

Qui me vit jamais broncher ?

Je pourrais mener la herse.

Je pourrais, je crois, faucher.

Je couds, je file et je lave

Dans les temps les moins pressés.

PIERRE.

Aussi vaillante que brave,

Madeleine, je le sais.

Je t'aime comme pas une !

MADELEINE.

Si tu m'aimes tout est bien.

PIERRE.

Je perdrais une fortune

Pour un cœur comme le tien.

Nous irons bien à la fête

De Mayrignac?

MADELEINE.

C'est en juin.
Loin encor.

PIERRE.

Tu seras prête
Ce jour-là, de bon matin.

MADELEINE.

Je partirai la première.

PIERRE.

Seul je t'accompagnerai?

MADELEINE.

Oui.

PIERRE.

Pour la journée entière
Auprès de moi je t'aurai?

MADELEINE.

Oui.

PIERRE

L'on jouera la bourrée;
Avec toi je danserai?

MADELEINE.

Oui.

PIERRE.

Plus tard, dans la soirée,
Seul je te ramènerai?

MADELEINE.

Oui.

PIERRE.

Madeleine, regarde :
On ne nous voit pas ici.

MADELEINE.

Hé bien?

PIERRE.

Un baiser!

MADELEINE.

Prends garde !

Queique seuls, c'est mal aussi.
Dieu voit où ne voit personne.
Prends ma main. Quant au baiser,
Va, du cœur je te le donne!

Et le bouvier continua d'user
Son soc brillant dans le sable et l'argile :
Sous l'aiguillon l'attelage tournait.
Quand Madeleine allait d'un pas agile

Dans le sentier pierreux et chantonnait :

Dis-moi, petit Pierre,
Où fais-tu ton nid ?
— La cabaretière
Le sait bien, Nini.
Son bon vin d'Autoire
Me tente et je bois.
— Que c'es laid de boire !
Tu n'es pas courtois.

— Écoute, petite.
Tu me fais changer.
Veux-tu tout de suite
Me bien engager ?
Va-t-en la première
Là-bas, dans le bois.
— Adieu, petit Pierre,
Tu deviens courtois.

II

LA FÊTE.

Plus pénétrants les regards étincellent,
Le couple assis sur le bord du chemin
Se sent frémir, la main cherche la main
Et tous les cœurs dans un concert t'appellent.
Printemps joyeux, prodigue adolescent.
Que tardes-tu d'étaler ta parure?
A son sommeil arrache la nature :
Dans le tombeau son vieil époux descend.
Le bourgeon vert grelotte en sa capsule.
Le blé t'attend pour fleurir son épi.
Et le grillon, prés de l'âtre tapi,
Hasarde un pas, sent le froid et recule.

Fais-nous aimer, rends aux oiseaux la voix.
Viens tiédir l'air et viens feuiller les bois.

MADELEINE.

Allons, partons pour la fête.

PIERRE.

Que te voilà brave ainsi !
Oh ! le joli tour de tête !
En velours, ma foi !

MADELEINE.

                    Voici
Le cadeau que je te garde.

PIERRE.

Où donc ? je ne le vois pas.

MADELEINE.

Dans ma poitrine ; regarde.

PIERRE.

Du basilic ! Que de pas
Faits pour lui sous ta fenêtre !
Le cadeau m'était bien dû !

MADELEINE.

On me l'aurait pris peut-être ?

PIERRE.

Il était sans moi perdu.

MADELEINE.

Et qui donc voulait me faire
Un tel affront ?

PIERRE.

Des jaloux ;
Mais je connaissais l'affaire.
Ils ont fui comme des loups.

MADELEINE.

Faire de moi la risée
De tous !

PIERRE.

Quelqu'un aurait eu
Ou tête ou jambe brisée.
J'étais décidé, vois-tu !

L'ami Pierre, pendant la danse
Songeait à se mettre en dépense :
Pour le coup il se trouvait pris.
Il fallait rendre à juste prix
La valeur du don de sa belle.
Mais quel cadeau désirait-elle ?

Pendant longtemps elle hésita.

Une bague enfin la tenta

De son chaton de cuivre ornée.

La contredanse terminée,

Pierre satisfit son désir.

Pour deux sous elle put choisir

Parmi des bagues entassées

Et dans Rocamadour tressées,

De crins dérobés aux chevaux

Des curieux et des dévots.

PIERRE.

Pour un moment je te quitte.

MADELEINE.

Comment, déjà?

PIERRE.

J'ai promis.

Reste ici

MADELEINE.

Mais reviens vite.

PIERRE.

Oui; rien qu'un mot aux amis.

Au cabaret l'air était gros d'orages :

Déjà l'ivresse empourprait les visages.
Des verres pleins ruisselait par les bords
Le gros vin noir que l'on boit à Cahors.

N'est-ce pas qu'elle est gentille?
— Oh! gentille! c'est selon.
Tenez. la plus belle fille
Ici, c'est la Madelon;
Mais quelqu'un la tient serrée.
— Hé bien, je veux qu'avec moi
Elle danse une bourrée!
— Ce ne sera pas pour toi
Si Madeleine me laisse.
— Si je le lui demandais?...
— Nous l'aurions tous pour maîtresse !
— Vous mentez! Vous êtes des.....

Le mot vola comme une flèche,
Mais moins prompt encor que la main.
Dieu sait si par la patience on pèche
Dans le pays du vieux parler romain!

Par la porte

Qu'on ne sorte!
Courez la fermer.

Tiens-le, Pierre,
De mon verre
Je veux l'assommer!

Ah! canaille!
La bataille
Ici ne va pas;

De l'espace!
De la place!
Suivez-nous là-bas.

Gai, jeunesse!
Dans la presse
Jouez du bâton!

Oh!... la tête!...
Quelle fête!
Et s'amuse-t-on!

Le bâton, enfin, de l'ivresse
Avait raison. Le jour baissait;

La foule, galant et maîtresse,
De toutes parts se dispersait.

Viens avec nous jusqu'auprès de Lolmière ;
Vous nous quitterez au vallon,
Disait Louis avec sa Tine [1] à Pierre,
Qui ramenait sa Madelon.
Quelques instants les couples cheminèrent ;
Puis au vallon bientôt on se quitta.
Louis et Tine à Lolmière montèrent,
Et le galant, chemin faisant, chanta :

Filant sa quenouille de laine,
Et sur son âne assise en reine,
Au moulin Jeanne se rendait.
La belle quitta sa monture,
Le meunier régla la mouture,
Dehors on laissa le baudet.

Au moulin l'eau parfois est basse ;
Avec grand'peine le blé passe,
Pendant que la meule roulait.

1. Diminutif d'Antoinette.

Que dans le sac de la voisine
Le meunier foulait la farine,
L'âne en silence détalait.

Après lui Jeanne courut vite,
Trop tard pourtant. Dans sa poursuite
La belle en pleurs rencontra Jean :
Il s'en allait à la maraude.
Tout garçon qui dans les bois rôde
Pour jeune fille est obligeant.

Voyons, comment est fait ton âne?
Dépeins-le-moi, dit Jean à Jeanne.
— Il est gris, a quatre pieds blancs,
Dont deux devant et deux derrière;
Une croix noire pour croupière
Qui lui descend jusques aux flancs.

— Petite Jeanne, sois sans crainte :
De ses sabots j'ai vu l'empreinte.
Cherchons ensemble; mais j'aurai,
Jeanne, un baiser pour récompense?
— Je le promets. — Payé d'avance?...
Eh bien, suis-moi dans ce fourré.

Or, un baiser est long à prendre :
Il faut donner, puis il faut rendre.
Plus d'un quart d'heure s'écoula.
Au bois enfin ils se rendirent,
Et sur un frais gazon ils virent
Un âne. Jean dit : Le voilà!

Jeanne ne put le reconnaître.
Ah! méchant! tu m'as prise en traître!
Dit-elle. Je regrette bien
D'avoir ainsi fait la vilaine
Pour perdre mon temps et ma peine.
Cet âne-là n'est pas le mien.

— Tu crois, Jeannette? — J'en suis sûre.
Il n'a pas la même tournure;
Et d'ailleurs, comment se fait-il
Qu'il soit noir des pieds à la tête?
— C'est, reprit Jean, que toute bête
Change de poil au mois d'avril.

III.

LE BUISSON D'AUBÉPINE

PIERRE.

Restons ici. L'on respire
Sous ces châtaigniers en fleur.

MADELEINE.

Non; le jour à sa fin tire.
Allons, viens.

PIERRE.

      Quelle chaleur!
Sous ce buisson d'aubépine
Asseyons-nous un moment.

MADELEINE.

Non, te dis-je.

PIERRE.

Oh! que la Tine
Sait bien aimer autrement!
Que je demande une chose,
Et je suis sûr d'un refus.
Il faut que je me repose:
Je suis las; je n'en peux plus.
Tu diras encor peut-être
Que tu m'aimes!

MADELEINE.

Hélas! oui!

PIERRE.

Ce soir on m'a fait connaître...
Cela m'a bien réjoui.

MADELEINE.

Connaître quoi?

PIERRE.

Ta conduite.

MADELEINE.

Et qui donc?

PIERRE.

Tes amoureux.

MADELEINE.

Es-tu fou? Qu'a-t-on dit? vite!

PIERRE.

Eh bien, ils disaient entre eux
Qu'ils t'avaient tous pour maîtresse,
Ensemble et séparément.

MADELEINE.

Oh !

PIERRE.

Un jour, après la messe,
Antoine, ton autre amant...

MADELEINE.

Pierre !...

PIERRE.

Jusques au village
T'a suivie; il t'a parlé!

MADELEINE.

Eh bien?

PIERRE.

Ah! la fille sage!
Dis-moi; n'est-il pas allé
Dans votre grange, à huit heures,
Presqu'à la nuit, en secret?

On l'a dit.

MADELEINE.

Mon Dieu !

PIERRE.

Tu pleures?...

Est-ce vrai?

MADELEINE.

Ce n'est pas vrai ;
Mais puisque tu peux le croire,
Adieu.

PIERRE.

Reste.

MADELEINE.

Non.

PIERRE.

Attends...

MADELEINE.

Je m'en vais.

PIERRE.

Ils m'ont fait boire...
Reste encore un peu de temps.
Madeleine, que l'on dise
De toi ce que l'on voudra,

Tant pis.

MADELEINE.

Mais on me méprise!

PIERRE.

Laisse dire.

MADELEINE.

Il le croira!

PIERRE.

Non. Il faudra qu'ils se taisent
Quand nous serons mariés.
Oh! vois-tu, les jours me pèsent!...
Nous aurons trente priés
A la noce, une musette!
Les pistolets vont tirer!
Chaque prié sa rosette!....
Tes yeux sont gros de pleurer;
Je veux les essuyer.

MADELEINE.

Laisse...

PIERRE.

Pauvre... Il faut tout oublier.
Cette main, que je la presse...
Là, là, sur ton tablier.

Dis-moi que tu me pardonnes.

MADELEINE.

Oui.

PIERRE.

Que tu m'aimes.

MADELEINE.

Oh! bien!

PIERRE.

Et dis-moi que tu me donnes
Un baiser.

MADELEINE.

Pierre...

PIERRE.

Combien

Qui les donnent sans scrupule!

MADELEINE.

Tu le dis.

PIERRE.

Oui, les meilleurs.

Tu crois donc qu'un baiser brûle?
Tu me l'as promis, d'ailleurs.

MADELEINE.

Pour ça, non.

PIERRE.

Qu'il te souvienne

Que je labourais... tu mis

Même ta main dans la mienne.

MADELEINE.

Pierre, je n'ai rien promis ;

Mais puisque tu le désires...

Tu seras tranquille après !

Sur ma joue.

.   .   .   .

.   .   .   .

.   .   .   .

PIERRE.
Ah !

MADELEINE.

Tu soupires !

Qu'as-tu ?

PIERRE.

Rien.

MADELEINE.

Dis.

PIERRE.

Je voudrais...

3.

MADELEINE.

Quoi?

PIERRE.

Ta bouche, Madeleine.

MADELEINE.

Non... non...

PIERRE.

Si. Comme cela,
Pour respirer ton haleine.
Près.

MADELEINE.

...Tiens!

PIERRE.

Plus près.

MADELEINE.

Tiens. voilà.

Ah!

PIERRE.

Madeleine, je t'aime!...

MADELEINE.

Assez...

PIERRE.

Je t'aime!

MADELEINE.

> Oh!... je... t'aime!...

Le roi du ciel dans les flots se baignait;
La nuit, debout, en plaintive musique
Chantait sa note, et la lune ceignait
De feux mourants son front mélancolique.
Au pied du lit Madeleine à genoux
Offre son cœur... à la Vierge Marie
De qui le fils s'est immolé pour nous?...
Cherchez vers qui sa voix s'élève et crie,
Car des sanglots en coupent les accents.
La Vierge pure exige un pur encens.

IV.

LA VEILLÉE DES NOIX.

Bravons décembre et son haleine ;
Ce fagot vert ne brûle pas.
Muse, chausse tes bas de laine,
Mets tes sabots, j'entends des pas.

L'allure débraillée,
Où vont les bons garçons ?
Ils vont à la veillée
Pour chanter des chansons.

Commence, l'ami Pierre ;
Il faut les mettre en train.
De la belle *meunière*
Dis-leur le gai refrain.
Enfants, le froid le gèle ;
Pour lui donner du cœur,

Si le couplet chancelle,
Soutenez tous en chœur :

Au vallon où l'Alzou coule
Entre les hauts peupliers,
Regardez sur ses piliers
Ce joli moulin qui roule.
La mouture est forte un brin,
      Hein?
Au moulin de Mathurin.

Le vieux prit femme gentille
Dès qu'il fut devenu veuf.
Il voulut coudre du neuf
A sa pauvre souquenille.
La belle menait grand train.
      Hein?
Au moulin de Mathurin.

Leste et vive à la réplique,
Son air ouvert engageait,
Et le moulin regorgeait
Du froment de la pratique;

Mais elle volait le grain...
     Hein?
Au moulin de Mathurin.

Du lit elle était sortie
Le matin au point du jour ;
Chaque valet à son tour
Prenait la belle à partie,
Gaîment on faisait le crin...
     Hein ?
Au cheval de Mathurin.

Enfin, la voilà séduite :
Un monsieur s'en est épris,
Et pour le suivre à Paris
La meunière a pris la fuite.
Il a perdu son pétrin....
     Hein !
Le moulin de Mathurin.

Quand le maître est en tournée,
Tous les valets rassemblés,
Devant un broc attablés

Fêtent la bonne journée.
Et l'on chante ce refrain....
          Hein !
Au moulin de Mathurin.

La longue table était dressée.
Aux quatre coins les sacs de noix
S'élevaient, et la noix cassée
Craquait sous les marteaux de bois.
Dans leur monotone cadence
Tantôt les maillets vont battant,
Tantôt il se fait un silence
Et les langues vont caquetant
Des fatigues de la journée
Et des travaux du lendemain.
De la bonne ou mauvaise année,
En public, sans feinte, la main
Soit qu'elle agisse ou se repose,
Honnêtement fait son devoir;
Quant au genou, c'est autre chose :
Sous la table cherchez à voir.
Minuit vit la tâche accomplie.
Une marmite jusqu'au bord
De bruns marrons toute remplie,

Fut saluée avec transport.

JÉROME.

C'est une rare denrée;
Ils manquent *aouan* (1), pourtant
Ils sont bons, la chair sucrée,
Mais sans valoir ceux d'antan.

FRANÇOIS.

Par ma foi! si cela dure
Il faut quitter le pays.
Le blé vingt francs la mesure!

PIERRE.

Et le vin! c'est hors de prix.

JÉROME.

Voyez-vous, le pauvre monde
N'est pas le seul à pâtir,
Et plus d'une bourse ronde
Est bien près de s'aplatir
Monsieur chose.... de Lautine,
(Parlant par respect) tuait
Un cochon pour sa cuisine;
(C'est ainsi que toujours fait
Une maison fortunée

____

1 *Aouan*, cette année, par opposition à *antan*, l'année dernière

Comme le sait un chacun)
Mais il n'en a cette année
Tué que la moitié d'un !

FRANÇOIS.

Hum ! ça menace ruine.

JÉRÔME.

Est-ce que je ne vois pas,
Assis au près de la Tine,
Le vieux Guillaume là-bas?

PIERRE.

Êtes-vous muet, vieux père?
Et pour croquer les marrons
Est-il besoin de se taire?

LOUIS.

Près du feu nous lui ferons,
Après qu'il aura bu, dire
Comme un soir il s'égara.
Il vous assure sans rire
Qu'en chemin il rencontra
Le diable, le véritable,
Sous Busqueille, dans le bois.

PIERRE.

Tiens! vous avez vu le diable?

GUILLAUME.

Oui, tout comme je vous vois.

PIERRE.

Ah çà, que venait-il faire?
C'était pour vous étrangler

GUILLAUME.

Pour une petite affaire
Que nous avions à régler.

JÉRÔME.

Le diable est malin, Guillaume.
Mais pas plus malin que vous.

GUILLAUME.

Jugez-en, ami Jérôme.

JÉRÔME.

Du silence, chauffons-nous.

En un clin d'œil les bouches sont muettes,
Autour du feu le cercle se pressa,
Les amoureux serrant fort les fillettes.
Et le bon vieillard commença :

Je vas vous conter l'histoire :
De la foire
Je revenais un peu tard!

Par hasard,
Et je fus par la bouteille,
Sous Busqueille.
En partant de Saint-Céré
Égaré.
Mais d'abord, pour bien comprendre,
Faut entendre
Comme à la foire je fis
Des profits.
J'y menais des bœufs de vente
Bien courante,
Qui ne me coûtaient pas cher;
Presque en chair.
Joli petit attelage
Pour son âge :
Ils avaient deux dents de lait.
Ça valait...
Vingt louis une pistole,
Ma parole !
Un acheteur s'approcha,
Les toucha
Et dit : de la jambe droite
Ce bœuf boite.
Bah ! fis-je avec un accent

Innocent :
Il est parti de l'étable
    Comme un diable !
Quelque pierre l'a blessé
    Ou froissé.
L'homme fit le difficile,
    Fit l'habile.
Il partit, revint, dit : Non ;
    Je tins bon.
Bref, après bien des disputes,
    Bien des luttes,
A mon prix je l'amenais
    Et tenais.
Au café nous nous rendîmes :
    Nous remplîmes
De vin blanc de Loubressac
    Notre sac.
Je payai, comme l'on pense,
    Le dépense.
Le vin bu, l'argent touché,
    Empoché,
Mon acheteur me dit : père,
    En affaire
Il faut de la bonne foi.

Dites-moi
Si vos bœufs ont quelque vice.
    C'est justice.
Le marché conclu, payé,
    Est noyé.
Je lui répondis : compère.
    En affaire
Je suis rond ! Voici comment,
    Franchement...
Je crois... de la jambe droite
    Le bœuf boite.
Venant de boire, il passa
    Et glissa
Le long d'une sente humide
    Et rapide.
Jusques au fond il roula,
    Dévala ;
Sa hanche se trouva prise
    Et démise.
Alors... j'ai fait pour le mieux.
    Mille dieux !
Me dit-il, vous parlez comme
    Un brave homme.

Je vas m'en défaire aussi.
        Grand merci !
Et donc pendant la nuit noire,
        Après boire,
Tout seulet j'étais allant
        Chancelant
Et portant ma bourse pleine
        Avec peine.
Quand je vis, arrivé près
        D'un marais,
S'éclairer d'une lumière
        La tourbière.
Et puis la flamme grandit,
        S'étendit
Et d'un homme prit la forme,
        Mais énorme.
De trois pas je reculai,
        Je tremblai ;
Je fis vœu d'offrir un cierge
        A la Vierge,
Et dis : à vous j'ai recours,
        Au secours !
L'homme me dit en vrai diable :

Misérable !
Esclave à ma loi soumis,
J'ai permis
Que de marchés illicites
Tu profites :
Mais ce que ton sac contient
M'appartient.
Or çà, vide-le par terre.
En colère
Je criais bien haut : Va-t'en,
Vieux Satan,
Ne me barre plus ma route.
Qui t'écoute
Sur l'abîme du péché
Est penché.
Et je gardai dans ma poche
La sacoche.
Mais Guillaume est un madré :
Au curé
Je courus payer ma dette.
Gai musette !
Fais danser à tes doux sons
Ces garçons.

V.

LA DEMANDE EN MARIAGE.

THOMAS.

Hé bien! tout est prêt, petite?
Tu sais que nous recevrons
Tout à l'heure une visite:
Fais bien briller les chaudrons,
Range là ces pots de graisse;
Car pour se faire épouser
Il faut montrer sa richesse.
Celui qu'on vient proposer
Pour t'avoir en mariage

N'est pas des plus dégourdis :
Mais c'est économe et sage.
Laisse là les étourdis.

Sire cochon pendait à la travée,
Brillant de sel, de larmes emperlé,
Et la vaisselle avec luxe lavée
Laissait reluire un étain ciselé
Par les couteaux de modestes artistes...
La jeune fille achevait d'essuyer,
Tout en jetant des regards doux et tristes
Sur son vieux père assis près du foyer.

THOMAS.

Eh ! quel beau temps vous amène?

JEAN.

Bonjour, Thomas.

THOMAS.

Jean, bonjour.

JEAN.

Ah ! te voilà, Madeleine ?
Ma foi ! j'allais faire mon tour
Pour quelque affaire à la ville.

J'ai dit : Tu vas t'arrêter
Chez Thomas, s'il est *tranquille* [1].
Il faut bien se visiter.

THOMAS.

Et comment vont les affaires?
Cela marche-t-il un peu?

JEAN.

Hé! hé!

THOMAS.

Les châtaignes?

JEAN.

Chères.

THOMAS.

Le blé?

JEAN.

Cher.

THOMAS.

Les bœufs?

JEAN.

Au feu.

THOMAS.

Ah! que pour vivre il en coûte!

1 S'il n'est pas occupé.

JEAN.

Il s'agit d'avoir de ça,
Alors on roule.

THOMAS.

Sans doute.

JEAN.

Lorsque l'*augment* [1] commença
J'avais un triple attelage;
Vous pensez quel coup je fis.

THOMAS.

Vous êtes adroit et sage.

JEAN.

Je travaille pour mon fils...
Quand marions-nous la fille,
A propos? Qu'elle est gentille!

Madeleine se leva
Et lestement s'esquiva.

THOMAS.

Sur ce point elle est maîtresse
Mais c'est jeune.

1. La hausse.

JEAN.

Oh! rien ne presse;

Elle peut attendre encor.

Vous avez des louis d'or;

Ça fait passer les fillettes.

THOMAS.

On a du pain, Dieu merci;

Peu d'argent, mais pas de dettes.

JEAN.

Puisque je me trouve ici,

Faisons ensemble une affaire.

Mon fils est un bon garçon,

Pas trop beau, mais il peut plaire.

C'est toujours à la maison

Et prêt à toute besogne.

C'est doux tranquille, rangé.

Point querelleur, point ivrogne.

Hé bien, ma foi, j'ai songé

A lui donner une femme.

Thomas, nous devenons vieux,

Et chaque jour nous entame.

Pour son repos il vaut mieux

Bien entourer sa vieillesse.

Nous avons joui, pas vrai ?
Laissons donc à la jeunesse
Son tour. Un autre dirait :
J'avais en vue une telle,
Une telle ; mais moi, non.
Madeleine le veut-elle ?
Je la demande en son nom.

THOMAS.

Je crois Madeleine prête
A faire mes volontés.
Votre famille est honnête,
De braves gens, respectés...

JEAN.

Sur ça je ne crains personne,
Et ce n'est pas d'aujourd'hui.
Mon père (Dieu lui pardonne) !
Disait toujours : rien d'autrui,
Tout le mien !

THOMAS.

Comme de juste.

JEAN.

Voyons, dites-moi, Thomas,
Si notre affaire s'ajuste,

C'est entendu?

THOMAS.

Pourquoi pas?

JEAN.

Ferez-vous quelque avantage?

THOMAS.

Je prétends faire un aîné ;
Mais plus tard, selon l'usage,
A mon choix.

JEAN.

Qu'est-il donné
Par contrat?

THOMAS.

En passant l'acte.
Je donne six cents écus ;
Mais si ma sœur est exacte
A me rembourser....

JEAN.

Pas plus?
Allons donc ! mettez-en mille.

THOMAS.

Pas un seu de plus.

JEAN.

Trois cents
Encor.

THOMAS.

Non.

JEAN.

Hein ?

THOMAS.

Inutile.
Deux mille francs, je consens
A vous donner la petite.

JEAN.

Hé bien ! nous réfléchirons.

THOMAS.

On se trompe en allant vite.

JEAN.

C'est vrai. Nous nous reverrons.
Adieu.

THOMAS.

Bonsoir. — Sa demande
Est ce que j'avais pensé....
Il faut encor que j'attende :

Je le trouve un peu pressé.

Je tiendrai donc à deux mille.

Le jeune homme aime, pour sûr ;

Le décider est facile.

C'est le vieux qui sera dur !

Mais si pour quelques paroles

(C'est ce qu'il m'en coûtera)

J'ai soixante et dix pistoles .

Quel bon coup ! — Il reviendra.

VI.

LE DIMANCHE AVANT LA MESSE.

PREMIÈRE FEMME.

Vous ne savez pas, voisines?

DEUXIÈME FEMME.

Non.

TROISIÈME FEMME.

Quoi donc?

PREMIÈRE FEMME.

Ha!!!

TROISIÈME FEMME.

Du nouveau?

PREMIÈRE FEMME.

Voyons si vous êtes fines :
Devinez.

DEUXIÈME FEMME.

Pardi! le veau
De Jean Rougier est malade.

PREMIÈRE FEMME.

Ps!!

TROISIÈME FEMME.

Est-ce qu'on est entré,

Pour voler de la salade,

Dans le jardin du curé?

PREMIÈRE FEMME.

Non.

DEUXIÈME FEMME.

Jacque a quitté sa belle.

PREMIÈRE FEMME.

Je veux vous laisser bayer.

DEUXIÈME FEMME.

J'essaie à deviner quelle...

TROISIÈME FEMME.

Et bien bête d'essayer!

C'est une nouvelle fausse.

Je sais où blesse le bât.

PREMIÈRE FEMME.

Fausse!! Madeleine est grosse

De six mois.

DEUXIÈME FEMME.

Ah! bah!

TROISIÈME FEMME.

Ah ! bah !

De qui ?

PREMIÈRE FEMME.

Voilà le mystère
Qui bride les plus pressés.
Antoine, Louis, ou Pierre.
Entre les trois choisissez.

DEUXIÈME FEMME.

C'est égal, elle est à plaindre.

TROISIÈME FEMME.

Comme je vais m'en moquer !

PREMIÈRE FEMME.

Quand on a fille, on doit craindre
De la voir un jour manquer.

TROISIÈME FEMME.

Et qui faisait sa princesse !...
Ça ne vaut pas un denier.

ENSEMBLE.

Jésus ! nous manquons la messe :
On a sonné le dernier.

VII.

LE CABARETIER.

PIERRE, au cabaretier.

Qu'allez-vous nous donner, père ?

LE CABARETIER.

Voulez-vous des œufs au lard ?

LOUIS.

Oui, nous choquerons le verre.

PIERRE.

Qui paira ?

ANTOINE.

Chacun sa part.

A propos, Jean, de Langlade,

Hier au soir on l'a *rompu*.

Il quittait un camarade.

A l'auberge ils avaient bu

Tranquillement une goutte.

Quand, près du bois de Pintou,

(Il faisait noir sur la route

Qu'on n'y voyait pas du tout),

Paf! une pierre le touche

Au front; il bronche, pardi !

Crac! une autre sur la bouche!

Alors il tombe étourdi.

Deux hommes fouillent sa poche,

Rien! Dans sa main il avait

Sa bourse : vingt sous. — Tout proche

Une voiture arrivait,

Les gaillards prirent leur course.

LOUIS.

Et ses dents?

ANTOINE.

Il en perd deux;

Mais il a sauvé sa bourse.

PIERRE.

Par ma foi! c'est être heureux.

FRANÇOIS.

Tiens, regarde par là, Pierre.

PIERRE.
Hé bien, quoi?

FRANÇOIS.

La Madelon.

ANTOINE.

Oh! comme elle passe fière!

FRANÇOIS.

Elle est plus douce au vallon,
Hein?

LOUIS.

Quand est-ce qu'on publie
Les bans?

PIERRE.

Pour elle et pour moi?
Jamais; le diable m'oublie!

FRANÇOIS.

Non, ça ne fait pas pour toi.

LOUIS.

Je la croyais ta promise.
Tu l'aimais bien, disait-on?

PIERRE.

Je l'aimais? quelle bêtise!
C'était pour m'amuser.

LOUIS

Bon!

Le carafon d'eau-de-vie
Cassé! Qui paîra?

ANTOINE.

Pas moi.

LOUIS.

Ni moi.

FRANÇOIS.

Ni moi.

LOUIS.

Je parie,
Pierre, que ce sera toi.

PIERRE.

Personne.

FRANÇOIS.

Il en est capable!

PIERRE, appelant le cabaretier.

Père Capelle, écoutez :
Ce vin ne vaut pas le diable!
Et pourtant vous le comptez
Quatorze sous la bouteille.
Je sais une autre maison...

LE CABARETIER.

Mais l'eau-de-vie, elle est vieille.

PIERRE.

Mille dieux! c'est du poison.
Tenez, si ça continue
Nous irons tous chez Martin.
Qui, pour notre bienvenue,
Fournira gratis le vin.
Ainsi soyez raisonnable.

LE CABARETIER.

Son vin? c'est l'eau du ruisseau !

PIERRE.

Père, en remuant la table.
La carafe a fait le saut.

LE CABARETIER.

Diantre !

PIERRE.

Elle était encor pleine.
Nous paîrons..... si vous voulez.

LE CABARETIER.

Bien ! bien ! ce n'est pas la peine.

PIERRE.

Jusqu'à ce soir, donc.

LE CABARETIER.

Allez.

Ils sortent.

LA CABARETIÈRE.

Voilà comme tu les traites?

Te font-ils rouler sur l'or?

Des gueux qui n'ont que des dettes!

Tu crois que je vais encor

Me crever à la besogne

Pour que tu fasses cadeau

De mon bien, gourmand, ivrogne!

LE CABARETIER.

Tu mettras un peu plus d'eau

Dans le vin.

LA CABARETIÈRE.

La belle avance !

L'eau qu'il peut porter, il l'a.

LE CABARETIER.

Allons, bavarde, silence!

DES BUVEURS, qui entrent.

Ici, hé! du vin !

LA CABARETIÈRE.

Voilà.

VIII.

UN JOUR DE FOIRE A GRAMAT.

Chacun de bon matin se met à sa toilette,
L'homme a ses beaux habits et la femme est coquette;
Ils chaussent, pour entrer dans leurs souliers pesants,
Des bas bleus immortels qu'on ente tous les ans.
Le bonnet blanc succède au bonnet d'indienne,
Un tablier plus fin au tablier de laine,
Et tous les bons garçons choisissent, pour ce jour,
De solides bâtons, bien redressés au four.

D'hommes et d'animaux la chaussée est couverte,
Le vieux Jean se débat contre un cochon alerte;
Il en triomphe enfin. Voici le sabotier.

L'escabellier, le fabre, et voilà le cloutier.
Là c'est un coq qui chante, une poule qui piaille,
Deux béliers entêtés qui se livrent bataille,
Des amoureux distraits et les marchands de bœufs,
Poussant leur carriole à fond droit devant eux.
La foule avec respect s'écarte à leur approche :
On sait dans le pays le poids de leur sacoche.
Hé bien, l'homme aux râteaux, tu pressens la Saint-Jean ?
Place, place au marchand d'or faux, de faux argent.
Ah ! voilà Louison qu'un beau monsieur tourmente,
Soufflant, suant, poudreuse, écarlate... charmante !
Si ce jeune monsieur, ce soir, sait à propos
Autour du cou te mettre un Saint-Esprit d'or faux,
Prends garde, Louison, de rentrer tard. Silence !
Au pas de son cheval monsieur... chose s'avance.
Sous la queue il prendra bien des bœufs aujourd'hui,
Car c'est un connaisseur. Les saluts vont à lui :
« A Dieu soyez, monsieur, avec la compagnie. »
La compagnie est l'ange ou notre bon génie.
Ce monsieur est fort riche et si point méprisant,
Tout comme à son égal il parle au paysan.

La foire est dans son fort. Aux abords de la place

Sont dressés les tréteaux où s'empile la fouace.

Un vendeur effaré poursuit son acquéreur,

Qui déjà se repent ; sous le poids du châtreur,

Cherchant avec le doigt les grains de ladrerie,

Un cochon renversé de tous ses poumons crie.

On court, on se dispute, on se touche la main ;

On entame un marché qu'on remet à demain :

D'une vache la queue en passant vous caresse ;

Mais on parle, écoutons, puisque rien ne nous presse.

L'orateur, sur un char, de velours bleu tendu,

Ravit son auditoire et le tient « suspendu

« A ses lèvres ; » Il est venu dans cette ville,

Non par amour du gain, mais pour se rendre utile.

Pour rien ou presque rien, il livre ses secrets ;

Les voici, que pour nous il trouva tout exprès :

« Cette poudre et cette eau se vendent dix centimes,

« Un sou, messieurs, deux sous ! Pour des prix si minimes

« Si j'apporte à vos maux un sûr soulagement,

« C'est que j'en suis prié par le gouvernement. »

Je vois, près de la halle, un congrès de fillettes :

MARIE.

Voilà Tine et Madelon

Qui vont faire des emplettes.

ROSALIE.

Pour fille ou bien pour garçon ?

LOUISON.

Mais voyez comme elle est *belle* [1] !

DOROTHÉE.

Elle peut encore *buter*
Un mois.

ROSALIE.

Approchons-nous d'elle.

LOUISON.

Nous allons la plaisanter.

ROSALIE.

Tu n'as pas rencontré Pierre ?

MADELEINE.

Non, je ne le cherchais pas.

LOUISON.

C'était Jeanne, de Lolmière ,
Qu'il promenait à son bras.

MARIE.

Comme tu changes de mine !

1. *Belle*, grosse.

DOROTHÉE.

Est-ce que tu vas blêmir?

LOUISON.

Tiens! c'était peut-être, Tine,
Son galant?

TINE.

Veux-tu tenir
Ta langue!

LOUISON.

Que je suis bête!
C'est Antoine.

TINE.

Tais-toi donc!
Est-ce que tu perds la tête?

LOUISON.

Je disais Louis, pardon?

ROSALIE.

Ah çà! mais quelle bêtise!

LOUISON.

Quoi?

ROSALIE.

Tous les trois à la fois
La mèneront à l'église?

LOUISON.

Ah! peut-être aucun des trois,
Quoiqu'ils la trouvent gentille.

MADELEINE.

Merci, tu me fais honneur!

LOUISON.

Trois galants pour une fille,
Nigaude, c'est du bonheur!

Elles partent.

TINE.

N'écoute pas ces méchantes.

MADELEINE.

Je crois que je vais mourir..

TINE.

Madeleine, tu plaisantes.

MADELEINE.

Je ne peux plus me tenir...
Viens.

TINE.

Que je suis en colère!
Cette Louison, on l'a
Comme on veut... ça fait la fière!

MADELEINE.

La preuve manque.

TINE.

Ah! voilà.

MADELEINE.

Mais tu crois qu'il m'aime, Tine?

TINE.

Hé...

MADELEINE.

Voyons, dis-le sans peur.

TINE.

Oui...

MADELEINE.

C'est non: je te devine.

TINE.

C'est un avare, sans cœur :
L'autre est riche.

MADELEINE.

Oh!... Pas jolie...
J'irai l'attendre au vallon.
Tiens! je l'aime de folie!

TINE.

Ah! ma pauvre Madelon'

Cependant un garçon d'une commune emmène

A la barbe des siens une nouvelle Hélène ;

Aussi voilà Miers qui menace Régnac,

Et Thegra qui de l'œil mesure Padirac.

Les bras se lèvent... Non. Ferme comme une borne,

L'impassible gendarme a montré son tricorne,

Chacun part ; les petits marchands comptant leurs sous,

Fillettes et galants bras dessus bras dessous.

Tout s'est très-bien passé, hors un léger scandale :

Pendant que le mari s'occupait à la halle,

On a vu la meunière et le garçon meunier

Cachés sous le hangar d'Hereil le chaufournier.

IX.

MADELEINE.

Vénus, diligente étoile
Qui brilles vers l'occident,
Tu viens de trouer le voile
Que le crépuscule étend.

Le vieux pauvre à sa demeure
Par ta lueur est guidé;
C'est elle qui, marquant l'heure,
Hâte le pâtre attardé.

Les bœufs ont fait crèche nette
Et bu dans le lac bourbeux;
Au son lent de leur clochette
Le bouvier s'endort près d'eux.

Le parc clôt dans sa ceinture
Et rassemble les troupeaux ;
C'est l'heure où la créature
Attend de Dieu le repos.

Au foyer de la cuisine
Déjà la lampe faiblit ;
Et le laboureur s'incline,
De la main cherchant son lit.

Rose a fait la découverte ;
Dans les draps ils sont entrés.
Les rideaux de serge verte
Sur le couple sont tirés.

De la pioche ou de la pelle
Tout ce qui travailla dort ;
Vénus, à ton nom fidèle,
Qui fais-tu veiller encor ?

Lorsque le chêne à regret se dépouille,
D'avril aux cœurs annonçant le retour,
Et va changer sa parure de rouille,

Un paysan, comme fuyait le jour,
Suivait gaîment le vallon de Lohmière.
Chez sa maîtresse il était attendu,
Chez la nouvelle et non chez la première.
Près du buisson d'aubépine étendu
Gisait un corps: sur l'obstacle il chancelle;
Des châtaigniers l'ombre épaissit la nuit,
Il voit pourtant une femme. Dort-elle?...
Au pâle éclat de la lune qui luit
Pierre accroupi reconnut Madeleine.
Il voulut fuir... la mourante étendit
La main vers lui, chercha, saisit la sienne,
Qu'elle étreignit avec force, et rendit
Un dernier souffle en invoquant Marie.

Que de faux pas aux champs! Mais par bonheur
Une sur mille en mourant les expie;
Elles ont su que là n'est pas l'honneur.
Le maire accourt et provoque l'enquête
Du médecin et du juge de paix.
Ce magistrat constata que la tête
Sur le bras droit portait en plein son faix;
Que la défunte était robuste et belle;

Qu'elle était jeune, avait un vêtement

De couleur bleue, et qu'on trouva près d'elle

Un nouveau-né sans vie aussi.

Comment avait péri la pauvre créature?

Le médecin, dans un docte rapport,

Discuta bien et longtemps sans conclure.

Ce qu'il prouva le mieux, ce fut la mort.

Sur ce beau texte on fit des commentaires;

L'émoi fut grand. En leurs propos hardis,

On entendait de savantes commères

Devinant Dieu, fermer le Paradis

Au repentir de l'humble pécheresse;

Mais le curé, debout devant l'autel,

Le lendemain interrompit sa messe,

Rendant ainsi son arrêt paternel :

« Qui vous a dit que cette enfant, soumise

« Malgré sa faute aux devoirs du chrétien,

« N'a pas péri par la douleur surprise?

« Laissez juger Dieu seul, qui le sait bien.

« Sachez aimer; ne parlez point trop vite;

« Soyez prudents, humbles et retenus. »

Aussi le corps, dans la terre bénite,

Dort du sommeil des rêves inconnus.

Qui va, l'hiver, prendre ta place
Sur le banc du sel[1], pour veiller,
Quand le feu fera sommeiller
Thomas dans le fauteuil en face ?

A chacune donnant leur part,
Thomas a marié ses filles ;
Ce sont déjà d'autres familles.
Tu t'en vas trop vite ou trop tard.

Adieu, petite Madeleine :
Ton vieux père ne pleure pas ;
Le curé lui dit qu'ici-bas
Nous passons quelques jours à peine.

S'en aller, ce n'est pas mourir.
Il est là-haut une patrie
Que promet le fils de Marie
A qui sut aimer et souffrir.

1. Longue caisse qui entre dans la cheminée et qui sert de siège et de salière.

Dans le vallon, bien que la croix se dresse ;
On dit qu'une âme aux feuilles du buisson
Chaque printemps vient crier sa détresse.
A ce propos, je sais une chanson :

Lorsque juin de sa main blanche
Les vieux châtaigniers fleurit,
Gare à vous ! c'est un esprit
Qu'il suspend à chaque branche.
Le galant devient trompeur,
Et la belle rondelette.
Passe vite, passe, fillette,
Sous les châtaigniers en fleur.

Cet esprit est un, est mille ;
Il séduit sages et fous.
Il voltige autour de vous.
Alerte, invisible, agile,
Il rend le galant trompeur
Et la belle rondelette.
Passe vite, passe, fillette,
Sous les châtaigniers en fleur.

C'est le poids qui vous oppresse.

C'est un bien-être ignoré,

C'est le parfum acéré

Qui vous plonge dans l'ivresse.

Il rend le galant trompeur

Et la belle rondelette.

Passe vite, passe, fillette,

Sous les châtaigniers en fleur.

Ces trois couplets, où mourut Madeleine,
Furent, dit-on, pensés, mais non écrits,
Par un chasseur qui brave l'âme en peine.
Un vieux berger, bien avec les esprits,
D'un air rustique orna ce badinage
Qu'à la veillée on chante bien souvent :
Mais, toutefois, qui vécut au village
Y reconnaît la plume d'un savant.

IV.

PIERRE.

Pierre a pris Jeanne en mariage,
Qui porte en dot un beau denier :
Il arrondit son héritage,
Il fait bâtir un pigeonnier.
Il est membre de la fabrique
Et du conseil municipal :
A monsieur le maire il réplique !
Il se fait lire le journal ;
Il a renoncé presque à boire :
Et quand quête le sacristain
Pour les âmes du Purgatoire,
Il met un liard au plat d'étain.

PIÈCES DIVERSES

L'ARMÉE DES BLÉS.

Le laboureur qui gaîment décimes
Les sillons que tu fécondas,
Comptons ensemble les victimes
Chez les blés devenus soldats.

Qui s'offre aux coups de la faucille?
C'est le seigle, vrai grenadier;
Aux premiers rangs le seigle brille.
Le seigle tombe le premier.

Dans les champs que le fer moissonne,
Le second choc abat l'essaim
Des froments massés en colonne ;
Tombe, solide fantassin.

Mais on sonne le boute-selle ?
C'est l'avoine gai timbalier.
Son grain saute où le vent l'appelle
Sur le rameau qu'il fait plier.

Le bruit aigu de ses clochettes
Avertit l'orge du danger.
Comme ils agitent leurs aigrettes,
Ces cavaliers ! Ils vont charger.

Le sarrasin, à la réserve,
Tient le poste qu'on lui marqua :
N'y comptez point, un rien l'énerve ;
Il est sensible et délicat.

Alors qu'à grener il s'apprête,
La pluie a fait couler ses fleurs,

Ou le vent du midi l'entête.
Le Sarrasin a des vapeurs.

Tu tombes donc, vaillante armée,
Mais pour renaître l'an prochain
Des mêmes éléments formée,
Et nous donner encor du pain

SUR LA CRIBLEUSE DE L'EXPOSITION.

Cambre-toi, cribleuse, tamise,
Fais sur ce drap pleuvoir le grain ;
Si demain la meule le brise,
Tes bras le pétriront demain.

Hé! Marion! je t'ai connue,
Leste en propos, point retenue;
Riant beaucoup, jurant un peu,
Fort indifférente au *ciel bleu*.

Si vers le ciel ton front s'élève,
Admires-tu le mouvement

De cette étincelante grève
Dont Dieu sabla le firmament?

Non : Marion y cherche l'heure
Où, sans bruit quittant sa demeure,
Elle court au réduit boueux
De Thomas couché près des bœufs.

Quand, de ses salaires payée,
Trente pistoles font sa part,
Elle épouse bien essayée,
Thomas fidèle par hasard ;

Jusques au jour où la nature
La fait rentrer, vierge d'eau pure,
Dans la terre qui la nourrit
Et que si souvent elle ouvrit.

CONTE

IMITÉ DE BOCCACE

En grande magnificence
Vivait jadis à Florence
Un illustre citadin
Que l'on nommait Conradin.
Ses délices les plus chères
Étaient chiens, oiseaux, appeaux ;
Quant à ses autres affaires
Elles dormaient en repos.
Un jour qu'il était en chasse
Proche de Pérétola,
Un sien faucon étrangla
Une grue : elle était grasse

Et jeune. Pour son souper

Il voulut qu'on la fît cuire.

Ce soin devait occuper

Un drôle prompt à tout dire.

Esprit toujours en éveil.

Venise était sa patrie :

Aussi pour l'effronterie

N'avait-il pas son pareil :

D'ailleurs cuisinier habile.

Il pluma le volatile

Qui, flambé, vidé, troussé,

Devant une ardente braise

A la broche fut placé.

Du gibier, sur une chaise,

Chichibio (c'était son nom)

Suivait la lente cuisson.

Il fallait à peine attendre

Quelques minutes encor ;

Déjà l'on pouvait entendre

Craquer sa tunique d'or

Qui, de fin jus arrosée,

Sous l'effort du feu cédait

Et de temps en temps dardait

Une odorante fusée.

Cet appétissant fumet

Remplissait donc la cuisine,

Quand survint une voisine

Qui Brunette se nommait.

Par cette saveur exquise

Son palais fut chatouillé,

Son appétit éveillé

Excita sa gourmandise :

Une cuisse la tenta ;

Qu'avec grâce elle quêta.

On juge de la surprise

Du digne enfant de Venise.

D'un franc rire il éclata,

Et régala l'indiscrète

D'un refrain de sa façon.

Bien qu'il lui contât fleurette :

Vous ne l'aurez pas, non, non,

La cuisse, dame Brunette.

La Brunette prit un ton

Qui n'admettait pas d'excuses,

Et dit, étendant les bras :

Ah! oui-da! tu me refuses!

Jamais de moi tu n'auras
Ce que si fort tu désires.
Ce mot fit cesser les rires.
Notre amoureux essaya
Une faible résistance :
Dame Brunette appuya
De grands cris son insistance,
Si bien que la cuisse enfin
Proprement fut détachée
Et de la belle fâchée
Calma les cris et la faim.

Conrad était honorable.
Ce soir-là même à sa table
Des hôtes étaient admis.
Étrangers, chasseurs, amis.
Lorsque la grue amputée
Devant lui fut apportée,
Il s'écria : Qu'est-ce ci ?
Que Chichibio vienne ici !
Le drôle fit son entrée
L'allure délibérée.
Avec un aplomb parfait.

Chacun était dans l'attente.

Désignant la cuisse absente,

Conrad dit : Qu'en as-tu fait?

Le plaisant de la lagune

Répondit sans s'émouvoir :

Messire doit bien savoir

Que ces oiseaux n'en ont qu'une.

Quoi! dit Conrad tout troublé,

N'ai-je jamais vu de grues?

— Celles que vous avez vues,

Messire, vous ont semblé

De deux pieds être pourvues:

Mais on ne les peut trouver

Pas plus aux mortes qu'aux vives;

Et je m'offre à le prouver,

Par égard pour ses convives,

Conrad, de rage interdit,

N'insista pas davantage,

D'un ton calme il répondit,

En composant son visage :

Voilà chose que jamais

Je ne vis ni n'ouïs dire;

Pourtant puisque tu promets

Sur ce point-là de m'instruire.
A demain, au jour naissant.
Mais, par le Dieu tout-puissant,
Si tu ne tiens ta promesse,
Je prétends faire de toi
Un exemple qui te laisse
Un long souvenir de moi.

Dès que les cieux s'éclairèrent
Aux confins de l'horizon,
On partit de la maison.
Les chasseurs se dirigèrent
Vers un fleuve dont les bords
Étaient fréquentés des grues,
Cherchant par quelles issues
Le Vénitien retors
Pourrait sortir de ce piége.
Mis au centre du cortège,
Sur un bidet installé,
Il marchait, baissant l'oreille.
Près du maître, encore gonflé
De tout le fiel de la veille,
Il frissonna de terreur

Quand Conrad, d'un ton sévère,
Lui dit : Ce jour-ci doit faire
De l'un de nous un menteur.
A ces mots gros d'un orage,
Il prenait la fuite, si
Son bidet eût réussi
A se frayer un passage :
Mais il était entouré
Et par tous de près serré.
Tandis qu'en marchant il songe
Par quel moyen il pourra
Justifier son mensonge,
Dans l'espace son œil plonge
Tantôt ici, tantôt là
Et partout croit voir des grues
Les deux pattes étendues

Du fleuve on joignit les eaux...
Tremblant, respirant à peine,
Chichibio de ces oiseaux
Put compter une douzaine.
Toute la troupe dormait
Sur une patte appuyée,

L'autre patte repliée
Sous l'aile qui l'enfermait.
Regardez là-bas, Messire,
Dit le cuisinier joyeux;
Ce qu'hier j'osai vous dire
Vous le voyez de vos yeux.
Du doigt il montrait les grues,
Que Conrad avait bien vues,
Vraiment! dit Conrad; attends,
A mon tour. En même temps,
Criant à poitrine pleine,
Il fait retentir la plaine
D'un formidable ho! ho!
Et la bande effarouchée
Se réveillant en sursaut,
Chasse la patte cachée,
Fait quelques pas, tend le col,
Puis s'élançant, prend son vol
De l'autre côté du fleuve.
Voilà, dit Conrad, ma preuve.
Eh bien, qui de nous deux ment?
C'est en vain que tu te flattes
D'échapper au châtiment.

Ont-elles montré deux pattes?
Que t'en semble-t-il, goulu?
C'est, Messire, incontestable;
Mais, si vous l'aviez voulu,
L'autre eût fait chose semblable,
Dit au hasard Chichibio,
Qu'hier soir, à votre table,
Ne lui disiez-vous : ho! ho!
Comme à celles de là-haut?
C'est vrai, j'aurais dû le faire,
Dit Conrad ; et sa colère
Aussitôt l'abandonna :
Il sourit, et pardonna.

LA BÊCHEUSE.

Partie aux premières lueurs
Du soleil qui commence à poindre,
Dans les champs elle va rejoindre
La troupe active des bêcheurs.

Dans les sillons courbant sa taille,
Elle pénètre lentement ;
Elle inspecte le régiment
Des maïs rangés en bataille.

Du sol divisant les caïus
Autour du pied qu'elle rechausse

Sa bêche approfondit la fosse
Qui le soutient de son talus.

Le volubilis qui l'enserre,
Déraciné, reste pendant ;
Mais avant tout, c'est au chiendent
Que la bêcheuse fait la guerre.

O terre ! ce travail est sain :
Autant qu'à nous il te profite,
Puisqu'il chasse le parasite
Qui ronge ton robuste sein.

Le soleil a fait sa tournée,
Elle l'a suivi pas à pas ;
Elle prend un dernier repas,
Touche le prix de sa journée.

Le corps las, mais le cœur content,
Prête à recommencer encore,
Elle rentre, jusqu'à l'aurore,
Sous le toit où son lit l'attend.

Vers le ciel sa prière emporte
Quelques mots à peine formés ;
Déjà ses yeux se sont fermés :
Car la fatigue est la plus forte.

Mais sous le stimulant de l'ail
Se réveillant après un somme,
Dans les bras nerveux de son homme
Elle donne un fils au travail.

A ALEXANDRE BIDA.

PEINTRE.

Avant que le hasard à vingt ans nous unit
D'une étroite amitié que l'âge rajeunit,
Alors qu'enfant fougueux, échappé de l'école,
Au flux des passions je voguais sans boussole,
Mais cependant guettant de l'œil à l'horizon
Le port où tôt ou tard nous conduit la raison,
Je me sentis épris d'amour pour l'Italie.
Le soir, entre mes mains la tête ensevelie,
J'étudiais avec un respect résigné
Les vieux maîtres par qui l'art nous fut enseigné,
Essayant de plier mon esprit indocile
Aux tours du pur toscan, qu'on croit pourtant facile.

Un monde tout nouveau devant mes yeux s'ouvrit :
L'amour, leste chez nous et qui hardiment rit,
Ou plutôt qui riait, avant qu'un gros nuage,
Arrivé d'Allemagne, assombrit son visage,
M'apparut si subtil, si pur, si délié,
Que, me sentant charnel, je fus humilié.
J'étais jeune, j'étais aimant, partant crédule,
Je pris au sérieux mon rôle ridicule,
Et je me mis en route, avec un cœur loyal,
Comme on dit aujourd'hui, cherchant mon idéal.

Vous connaissez, ami, cette triste odyssée :
C'est l'histoire présente, ou future, ou passée,
De ces êtres pensants, dieux à cerveaux fêlés,
Où le pur et l'impur ensemble sont mêlés.
La balance, à vrai dire, était trop inexacte,
Souvent l'intention le cédait trop à l'acte ;
Je vis que vers le ciel si l'esprit nous menait,
Le corps pétri de terre à la terre tenait,
J'étais toujours vaincu, mais j'essayais encore,
Criant : C'est Béatrice ! ou bien : J'ai trouvé Laure !
Contre un vulgaire amour pourtant je me brisais,
Et je perdais courage alors, et je disais :

O poëte! séduit par tes hymnes sacrées,

Je cherche sans la voir l'idole que tu crées.

J'erre du bien au mal; toi, comment ne vois-tu

Où la fragilité brille que la vertu?

Il serait temps de mettre un terme à ton lyrisme,

Ou, par pitié pour moi, de me donner ton prisme.....

Mais si de deux objets ta verve s'inspirait?

Si ton tribut à l'un vers l'autre s'égarait?

Si cette passion n'était qu'un artifice?

Que l'un eût ton amour et l'autre ton caprice?

Dans quelque région que l'esprit l'ait porté,

Homme, il faut revenir à la réalité :

Après t'être un moment dépouillé de tes langes,

Et dans l'éther avoir plané parmi les anges,

Alourdi de désirs dans un coin tu t'abats.

Pourquoi monter si haut pour descendre si bas?

Quand, brûlé par l'amour, le cœur darde sa flamme,

Touche-t-elle en passant, ou va-t-elle à la femme?

Ainsi m'interrogeant, je me pris à douter

Si c'était une étape où, sans trop s'arrêter,

Notre amour fatigué quelque temps se délasse

Pour aller au delà. Je sus que pour la masse

C'est là qu'il a son but; mais qu'il porte plus haut

Celui que le Seigneur a marqué de son sceau :
Soit que, prédestiné, jusqu'à lui Dieu l'appelle,
Soit qu'artiste il se tienne au sommet de l'échelle.

Or, l'homme qui fixa mon esprit incertain
Ce fut Buonarotti, ce hardi Florentin
Dont, après Dieu, la main osa créer le monde.
De tant d'arts qu'à la fois il cultive et féconde,
A la gloire d'un autre un seul aurait suffi.
Peintre, vous connaissez les chefs-d'œuvre qu'il fit :
Le marbre renaquit sous des formes antiques,
Et sa brosse peupla les murs des basiliques ;
Pour défendre Florence il fut ingénieur,
Mais il était né peintre, architecte et sculpteur,
Et, comme pour donner son image complète,
Le Créateur en fit encore un grand poëte.
Son livre est plein de lui ; c'est là qu'on le connaît ;
Écoutez ce qu'il dit dans un fameux sonnet.

Pourvu que sous ma main, qui traduit sa pensée,
L'empreinte du lion ne soit point effacée :

« Le grand sculpteur n'a pas une idée en son sein

« Qu'un seul marbre en entier n'embrasse et circonscrive :
« Mais à ce noble but celui-là seul arrive
« Qui peut à son esprit faire obéir sa main.

« Le bien que je désire et le mal que je crain
« Ainsi cachent en toi, femme, leur source vive.
« Que ce bien soit à moi si tu veux que je vive ;
« Mais mon âme est sans force et trahit mon dessein.

« Je ne peux accuser pourtant de ma souffrance
« Ta beauté, ta rigueur, ou ton indifférence ;
« L'amour ou mon destin, la fortune ou le sort,

« Alors que dans ton cœur et la mort et la vie
« Se trouvent à la fois et que mon lourd génie
« Ne peut, même en t'aimant, en tirer que la mort. »

Bien que le mysticisme alors fût à la mode,
Que l'amour platonique eût sa langue et son code.
A qui notre sculpteur parlait-il de ce ton?
Une femme d'un rare esprit l'aima, dit-on :
Victoire Colonna, marquise de Pescaire.
L'histoire nous la peint belle, doucement fière :

Ses yeux noirs souriants, tendres, mais non hardis,
Paraissent refléter la paix du Paradis.
Veuve d'un homme illustre, au exil volontaire
Porta son âme au ciel, laissant son corps sur terre;
Des liens de ce monde elle se détacha,
Et puis vers l'homme encore une fois se pencha
Quand du premier amour la ferveur fut éteinte.
Elle aima chastement, vécut comme une sainte;
Laissa voir dans son cœur sans honte ou vanité.
Michel-Ange en fut fier; et qui ne l'eût été?
Il peignit et sculpta plus bravement sans doute;
D'une main plus légère il éleva la voûte
Dont le dôme hardi couvre le Vatican
Comme un segment du globe; enfin il fut plus grand.
Mais celle qu'il aima, qu'il appelle sa Dame,
C'est l'art que l'Italie en sa langue fait femme,
Qu'on désire au premier regard qu'elle a jeté,
Qui livre à notre amour sa froide majesté,
Qui pour tous ses amants a le même visage,
Qui jamais ne repousse et jamais n'encourage,
Qui fait des malheureux et qui fait les grands noms,
Accordant de faveurs ce que nous en prenons.
Hélas! il faut l'aimer sans l'avoir possédée!

Si la tâche a vaincu les maîtres de l'idée,
Si, la foi dans le cœur ils ont pourtant douté,
Si, forts, ils ont senti fléchir leur volonté,
Si même devant eux la route s'est fermée,
Que sera-ce de nous, soldats de cette armée
Qui, les prenant pour chefs, marche vers l'inconnu
En suivant le chemin qu'ils ont en vain tenu?
Aussi quand l'humble artiste au travail s'évertue
Et crie avec angoisse : Anime-toi, statue!
A toi de m'animer, dit froidement le bloc.
Frappé par ton maillet le ciseau cède au choc;
Mon sort est dans ta main; que ton âme la guide.
Et c'est juste, et le cœur manque au plus intrépide.

Oh! que d'esprits lassés tu traines sur tes pas,
Perfection qu'on rêve et que l'on n'atteint pas!
Oui, c'est là l'éternel obstacle qui résiste,
Désespoir du chrétien, désespoir de l'artiste.
Ainsi dans le sommeil parfois vient s'élever
Devant nos yeux un pic qui semble nous braver.
Les muscles contractés, abandonnant la terre,
Nous volons à ce but; mais le vieux solitaire
Hors de notre portée éloigne ses pitons,

Dès qu'attirés par lui vers lui nous gravitons.
Lors donc que nous suivons le chemin de la vie,
Si quelque fol espoir à lutter nous convie,
Ce n'est pas pour gagner un fort que nul ne prend ;
Il s'agit de mourir en homme dans le rang.
Eh bien, ce qu'à vingt ans, quand j'essayais de vivre,
Je cherchais, je le cherche encore dans ce livre ;
Et dût-il ne pas même avoir un lendemain,
Qu'il parte : bon voyage!

       Ami, vous dont la main
A défaut du crayon eût manié la plume,
Dans un coin faites place à ce petit volume
Que d'un œil indulgent votre amitié lira.
Pour d'autres, inconnu sans doute il passera.
Qu'importe qu'à l'oubli son destin le condamne,
Si, dans cent ans d'ici, quelque bibliomane,
Le trouvant égaré parmi les vieux auteurs...
Y voit nos noms unis comme furent nos cœurs!

FIN.

TABLE

LES CHATAIGNIERS.

PIÈCES DIVERSES.

IMPRIMERIE DE J. CLAYE, RUE SAINT-BENOIT, 7.

PARIS. — IMPRIMERIE DE J. CLAYE

7 RUE SAINT-BENOIT

www.ingramcontent.com/pod-product-compliance
Lightning Source LLC
LaVergne TN
LVHW020709200726
843508LV00002B/952